父さんはドラゴン・パティシエ

Tousan ha Dragon Pâtissier

おしごとのおはなし パティシエ

柏葉幸子 作
中村景児 絵

講談社

「ドラゴン・パティシエって知《し》ってる？」

「ネットでさがしてるんでしょ。お姉《ねえ》ちゃんがいってた。」

「雄太《ゆうた》くんちは？」

クラスの女《おんな》の子《こ》たちが、ぼくをちらちらみながらはなしている。

「なんだ？　おれんちがどうかした？」

ぼくは、そばにいたさとしにきいた。

ぼくんちは『パティスリー・ウフ』というケーキ屋《や》だ。

ウフは、フランス語《ご》で卵《たまご》っていう意味《いみ》。

父《とう》さんがフランスでケーキづくりの修業《しゅぎょう》をしていたときのあだ名《な》なんだって。

父《とう》さんの頭《あたま》の形《かたち》が卵《たまご》みたいだからって、修業《しゅぎょう》していた店《みせ》のオーナーがつけたんだそうだ。

「ドラゴン・パティシエっていう、
うでのいいパティシエを
だれかがネットで
さがしてて、いろんな人《ひと》が、
おいしいっていう店《みせ》の名前《なまえ》を
書《か》きこんでるんだ。」
さとしは、
知《し》らないのか、って目《め》をむく。
「ドラゴンっていうの？
マイスターとかじゃなく？」
「ああ、ドラゴン！

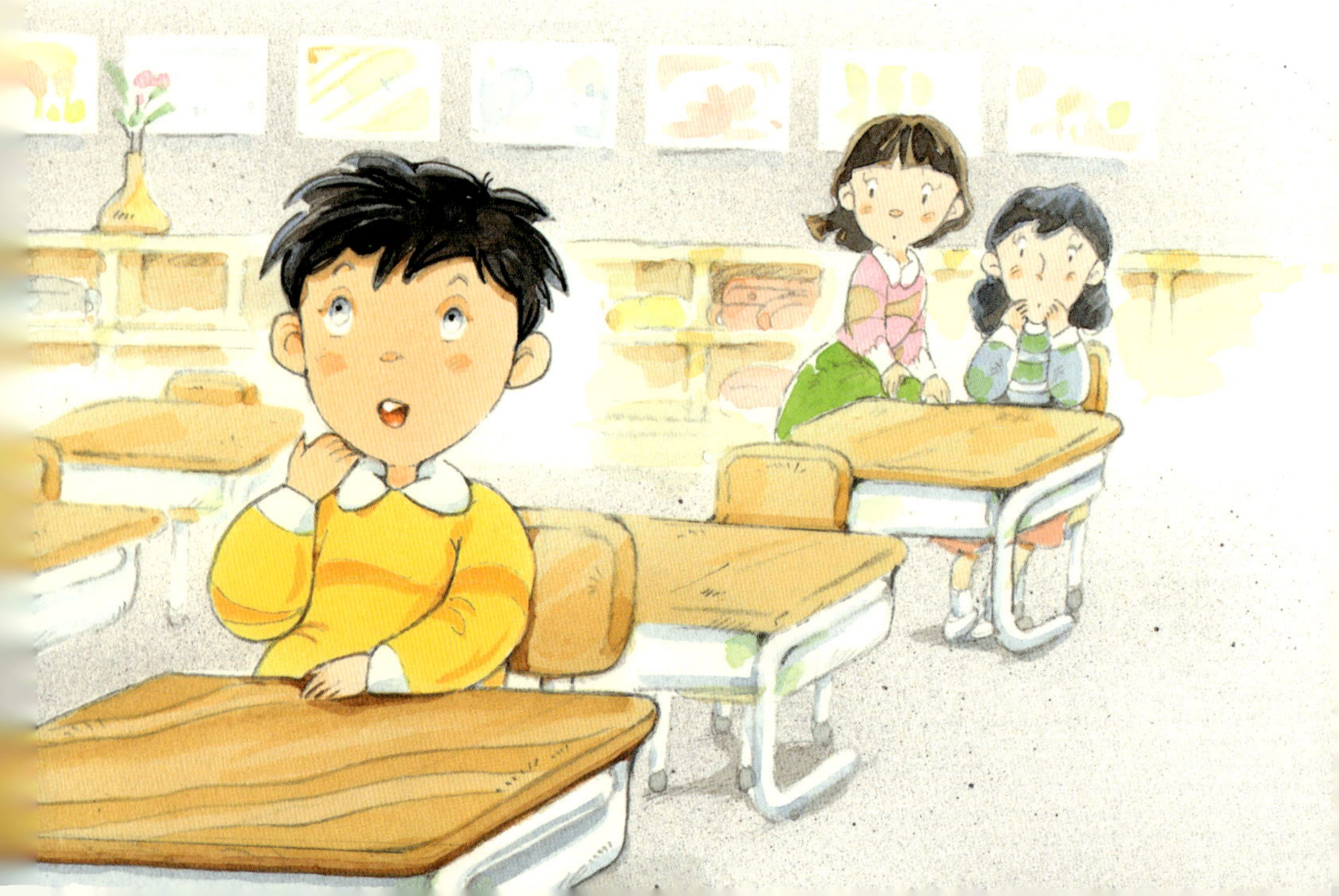

かっこいいじゃないか。
強《つよ》くてうまいって
ことじゃないの。」
　さとしは、うんうんと
うなずいて、
でもって首《くび》をかしげた。

「雄太《ゆうた》んちのケーキはおいしいけど、おじさんはドラゴン・パティシエじゃないよ。雄太《ゆうた》んちのおじさんはパティシエっていうより、ラーメン屋《や》のおじさんってかんじだもん。」だって。

「なんだよ、さとし。もう売《う》ってやんない。」

ぼくは、さとしをかるくたたいた。

さとしは、アハハってわらってた。

でも、さとしのいうとおりだ。

テレビでみるパティシエは、長《なが》い帽子《ぼうし》にシェフ・コート、首《くび》に赤《あか》いネッカチーフなんかまいて、すごくかっこいい。

そりゃ父《とう》さんもシェフ・コートを着《き》る。
でも、おなかがつきだしてるから
ボタンはちぎれそうだし、
汗《あせ》っかきだから首《くび》にまくのはタオルだ。
父《とう》さんは、ケーキをやくより、
中華《ちゅうか》なべでチャーハンを
つくるほうが似合《にあ》いそうだ。
でも、父《とう》さんのつくるケーキはおいしい。
父《とう》さんのつくる生《なま》クリームがとくべつなんだ。
器械《きかい》じゃなくて、手《て》であわだてる。
器械《きかい》じゃできない微妙《びみょう》ななめらかさなんだ。

父《とう》さんが汗《あせ》だくであわだてる生《なま》クリームは、こってりしてるのに口《くち》の中《なか》でさっととける。

生《なま》クリームがにがてな人《ひと》でもいくらでも食《た》べられる。

イチゴがのったシンプルなショートケーキが、うちの一番《いちばん》人気《にんき》のケーキだ。

この町《まち》から引《ひ》っ越《こ》していった人《ひと》でも、電車《でんしゃ》をのりついで買《か》いにくるんだ。

その日《ひ》の夕食《ゆうしょく》のときに、父《とう》さんにきいた。

「ドラゴン・パティシエって知《し》ってる?」

父《とう》さんは知《し》らなかったらしく、首《くび》をかしげた。

「おいしいって評判《ひょうばん》のパティシエをネットでさがしてるのよ。お客《きゃく》さんが、うちの店《みせ》の名前《なまえ》を書《か》きこむっていうから、『まさか。』っていったの。」
母《かあ》さんは、パソコンでみていたらしい。
「なんだ！　おれのうではたいしたことないっていいたいのか。」
父《とう》さんは、ぷっとふくれてみせたが、目《め》はわらっている。

「ほら、よくテレビにでているパティシエとか、北海道《ほっかいどう》とか沖縄《おきなわ》とか、いろんなお店《みせ》の名前《なまえ》が書《か》きこんであったわよ。」

と、母《かあ》さんはつけたした。

「そんなわけのわからんことに、かかわらんこった。」

父《とう》さんは肩《かた》をすくめた。

ぼくは、ドラゴン・パティシエのことは、すぐにわすれた。

それから一週間《しゅうかん》ぐらいたった。

さとしの家《いえ》にあそびにいった帰《かえ》りだった。店《みせ》のちかくまできたら空《そら》はまっくらだ。

店《みせ》の前《まえ》に父《とう》さんがいた。

「ただいま。父《とう》さん、どうしたの？」

こんな時間《じかん》に父《とう》さんが、店《みせ》の外《そと》にいるなんてめずらしい。

「三時《じ》すぎたらお客《きゃく》さんが一人《ひとり》もなくてさ。この天気《てんき》のせいかな。」

父《とう》さんがまっくらな空《そら》をみあげた。

ぼくも空《そら》をみた。

Pâtisserie Oeuf
Pâtisserie Oeuf

黒《くろ》い雲《くも》の一か所《しょ》がむらさき色《いろ》にひかった。
そこからいなずまが、まるでねらったようにぼくと父《とう》さんの前《まえ》におちた。
白《しろ》いけむりがあがって、あたりがゆれて、ガラガラドドーンと音《おと》がした。
ぼくも父《とう》さんも「ヒッ。」といってうごけなくなった。
かみなりにもおどろいたけど、白《しろ》いけむりの中《なか》につばさのある竜《りゅう》がいたんだ。
父《とう》さんより頭《あたま》一つ大《おお》きいぐらいで、きらきらするみどり色《いろ》だ。
「わたしは、城《しろ》の台所《だいどころ》のジョシュリュウだ。『パティスリー・

ウフ』のパティシエどのか？」
竜《りゅう》がしゃべった。
ジョシュリュウって、ヨクシリュウとかいうから、そんなののの一種《いっしゅ》かなとおもった。
父《とう》さんはうろたえながらも、うなずいていた。
「わが君《きみ》のバースデー・ケーキとやらをつくっていただきたい。」
ジョシュリュウが、のっしのっしと近寄《ちかよ》ってくる。

父《とう》さんがやっと、にげろというように、ぼくの肩《かた》をおす。

「か、母《かあ》さん、竜《りゅう》がでた！」

ぼくは、店《みせ》にかけこもうとした。

でたでいいのかなって、ちらっとおもった。


「なにをする。はなせ、はなせ！」

父《とう》さんの悲鳴《ひめい》がした。

ふりむくと、ジョシュリュウがあばれる父《とう》さんを小《こ》わきにかかえこんでいる。

父《とう》さんが、つれていかれる！

「父《とう》さんを、はなせ！」

ぼくは、父《とう》さんの腰《こし》にとびついた。
そのとき、雨《あめ》がものすごいいきおいでふりだした。
父《とう》さんの腰《こし》にしがみついたら、ぼくの足《あし》はもう店《みせ》の屋根《やね》のあたりだ。
おっこちる！　とおもったとき、父《とう》さんがぼくのズボンをつかんでくれた。

ジョシュリュウは、父《とう》さんとぼくをかかえて、かるがるととぶ。
ジョシュリュウは、ぼくがしがみついていることに、気《き》がついていないようだ。
「パティシエどの。くるしくはござらぬか？　ほんの少《すこ》ししんぼうしてくだされ。」
なんていってる。
あっというまに黒《くろ》い雲《くも》をぬけて、すぐ青《あお》い空《そら》にでた。
目《め》の前《まえ》に白《しろ》い雲《くも》がうかんでいて、その上《うえ》にシンデレラのお城《しろ》のようなものがあった。
ジョシュリュウは、もうお城《しろ》のへいをこえて中庭《なかにわ》の上《うえ》にいた。

悲鳴《ひめい》をあげるひまもなかった。
五分《ふん》もかかっていなかったとおもう。

中庭《なかにわ》は柱《はしら》がならぶろうかに
かこまれていた。
その柱《はしら》や中庭《なかにわ》の植木《うえき》に色《いろ》とりどりの
ふうせんがむすびつけてある。
ごちそうののったテーブルに、
竜《りゅう》たちがぎょうぎよくならんでいた。
楽器《がっき》を前《まえ》にすわっている竜《りゅう》も、
カメラをかかえた竜《りゅう》もみえた。

『おたんじょう日《び》、
おめでとうございます。わが君《きみ》』
という大《おお》きなプレートの下《した》に、
かんむりをかぶった竜《りゅう》がいた。
あれが、わが君《きみ》だ。
あの竜《りゅう》のたんじょう日《び》なのだとわかった。
でも、ちっともたのしそうじゃない。
竜《りゅう》たちはうつむいて、身動《みうご》き一つしない。
そのおかげで、父《とう》さんに
しがみついているぼくは、みつからずにすんだけど。

ジョシュリュウは中庭《なかにわ》の奥《おく》の柱《はしら》と柱《はしら》のあいだにとびこんで、ろうかにすとんとおりた。

そのとたん、父《とう》さんはぼくをつきとばす。

ろうかにころがりながら、父《とう》さんは、にげろ！　っていいたいんだとおもった。

でも、どこへにげる？

中庭《なかにわ》には竜《りゅう》がうじゃうじゃいるし、だいいちここは雲《くも》の上《うえ》だ。

ジョシュリュウは、ろうかにあったあけっぱなしのドアのむこうに、父《とう》さんをかかえてはいっていく。

「さいごのパティシエどのだな？」

声《こえ》がきこえた。

「はい。料理竜《りょうりりゅう》どの。」

ジョシュリリュウがこたえている。

ぼくは、ドアのかげにはりついて中《なか》をのぞいた。

大《おお》きな台所《だいどころ》だった。

ケーキがやけるにおいがしていることに、やっと気《き》がついた。

エプロンをした竜《りゅう》が一頭《とう》、いろいろなくだものやチョコレートのかたまりや、こなやバターやミルクや卵《たまご》をつみあげたテーブルの前《まえ》で、うでぐみをして立《た》っていた。

この竜《りゅう》がリョウリリュウとよばれた竜《りゅう》だ。

エプロンをしているから料理竜《りょうりりゅう》なんだ。

やっとジョシュリュウって助手《じょしゅ》のことか、とわかった。

五十人《にん》ほどのパティシエたちが、それぞれケーキをつくっている。

きっとみんな、父《とう》さんみたいにつれてこられたんだ。

「ケーキができあがれば、お店《みせ》にお帰《かえ》しもうす。」
ジョシュリュウが、父《とう》さんを床《ゆか》におろしながらうなずく。
父《とう》さんは、材料《ざいりょう》をおいたテーブルにのろのろ近寄《ちかよ》った。
卵《たまご》をかごにいれながら、ちらちら台所《だいどころ》の入《い》り口《ぐち》のほうをみる。
ぼくが顔《かお》をのぞかせたら、父《とう》さんは、ほっとしたようにうなずいた。
ほっとされても、ぼくはどうしたらいいのかわからない。
でも、この竜《りゅう》たちがネットでドラゴン・パティシエをさがしていたとわかった。
きっとお客《きゃく》さんのだれかが、父《とう》さんにだまってうちの店《みせ》の名前《なまえ》を書《か》きこんだんだ。

そのとき、ケーキが一つ仕上《しあ》がった。
黄色《きいろ》いバラの花《はな》がブーケの
ようにのったおしゃれなケーキだ。
ほんもののバラの花《はな》みたい
だけど、あの花《はな》びらはきっと
マンゴーでできてる。
そのケーキをかかえて
いるのはテレビでよくみる
有名《ゆうめい》なパティシエだ。

「わが君《きみ》の前《まえ》へ。」

ジョシュリュウにうながされて、ろうかへでてくる。

ぼくは、一本《ぽん》の柱《はしら》のかげにまわりこんだ。

パティシエがふるえているせいで、ろうそくの火《ひ》もいまにも消《き》えそうにふるえている。

「わが君《きみ》、いかがでしょう?」

ジョシュリュウが、かんむりをかぶった竜《りゅう》の前《まえ》にそのケーキをおいた。

かんむり竜《りゅう》が、ちがうというようにしっぽでバシィと床《ゆか》をたたく。

「ごくろうさまでした。お送《おく》りする時間《じかん》がなくてもうしわけもござらん。」

ジョシュリュウが、そのパティシエをかかえてとびあがった。

そして、へいの外《そと》へパティシエをほうりなげたんだ。

「えー、た、助《たす》けてぇー。」

パティシエの悲鳴《ひめい》が小《ちい》さくきこえた。

「帰《かえ》してやるって、なげおとしてるじゃないか。」
ぼくは、柱《はしら》のかげで青《あお》くなった。
もう次《つぎ》のパティシエが、二段《だん》がさねのチョコレートケーキをかかえてすすみでていた。
そのケーキもかんむり竜《りゅう》の気《き》にいらなかったようだ。
バシィとしっぽで床《ゆか》をたたく音《おと》がして、悲鳴《ひめい》がする。
イチゴやメロンやモモが山盛《やまも》りにのったタルトも気《き》にいらない。
しっぽで床《ゆか》をたたく音《おと》。
そして悲鳴《ひめい》がきこえる。
そんなことが何度《なんど》もくりかえされる。

なにが気《き》にいらないんだろう？

ぼくは、柱《はしら》のかげからかんむり竜《りゅう》のほうをのぞいてみた。

かんむり竜《りゅう》の前《まえ》にチーズケーキやロールケーキやマカロンがはりついたクリスマスツリーみたいなケーキや二段《だん》や三段《だん》のウエディングケーキみたいなものまでならんでいる。

一口《ひとくち》も食《た》べないで、みただけ

で気《き》にいらないらしい。

どうしてなんだろう？

かんむり竜《りゅう》のそばにすわっている竜《りゅう》たちは、頭《あたま》をひくくして息《いき》をひそめている。

ぼくがかくれている柱《はしら》のそばにいた竜《りゅう》が、あくびをかみころして、ため息《いき》をついた。

「今年《ことし》も、わが君《きみ》のお気《き》にめすケーキとやらはないようだな。」

かんむり竜《りゅう》からはなれているので、つぶやくぐらいはいいとおもったらしい。

するると、ほかの竜《りゅう》たちもつぶやきだした。

「前《まえ》のドラゴン・パティシエどのが亡《な》くなってもう五年《ねん》。どこをさがしても、次《つぎ》のドラゴン・パティシエどのはみつからんなぁ。」

「フランスもだめ、アメリカもイギリスもだめだった。」

「日本《にっぽん》になどいるものか！」

「毎年毎年《まいとしまいとし》、ここにじっとすわっていなければいかんのだ。」

「こんな、おたんじょう日《び》はうんざりだ。」

「ああ、じっとしているなど、たえられんな。」

たいくつした竜《りゅう》たちの
しっぽがぴくぴく
うごいている。
「わが君《きみ》の人間《にんげん》かぶれにも
こまったもんだ。」
「ケーキとやらがないと、
おたんじょう日《び》じゃないと
いわれてもな。」
竜《りゅう》たちは、
ため息《いき》をついた。

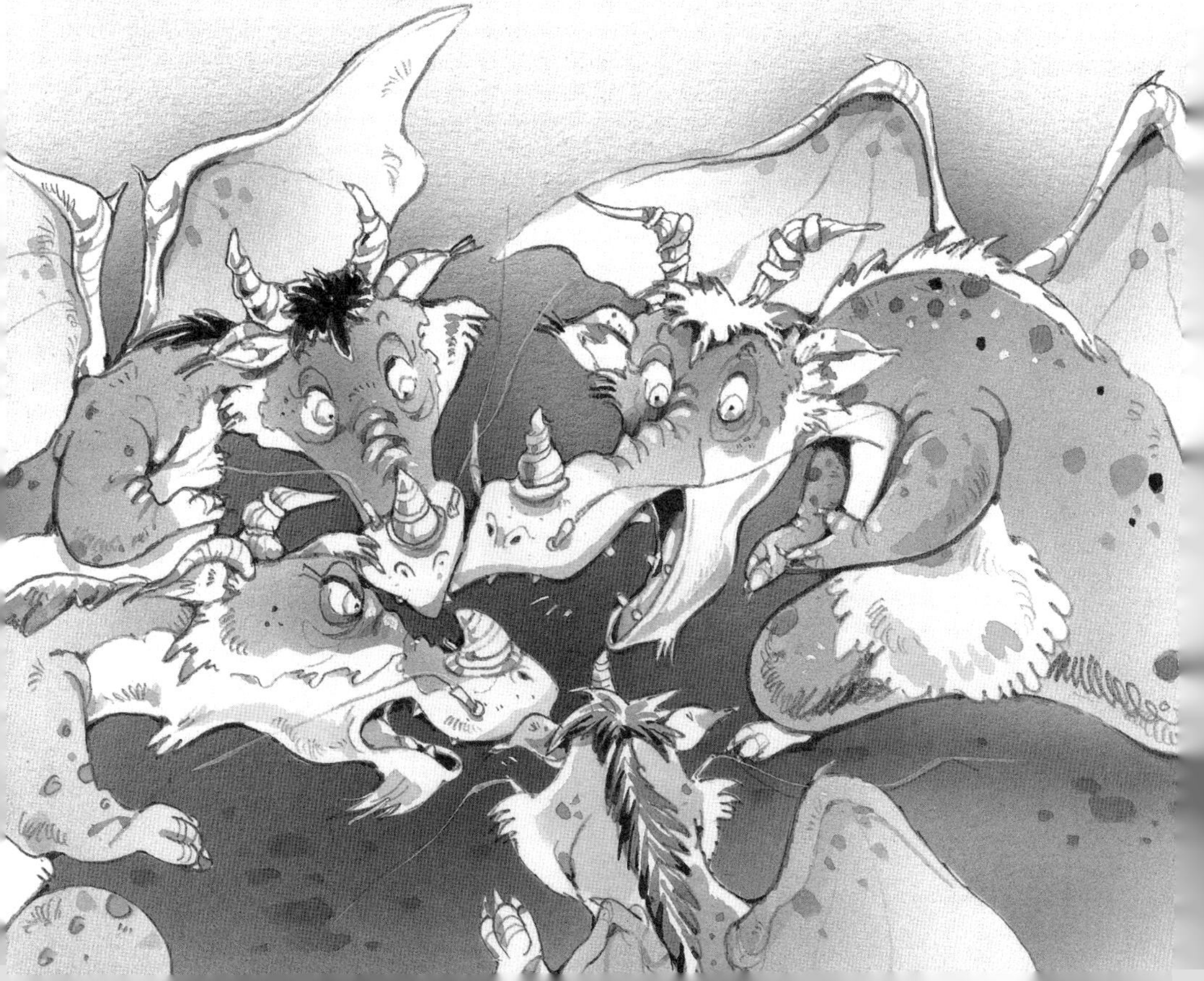

「ケーキなどなくても、おたんじょう日《び》はできるだろうが。」

「ああ、できるとも！　わが君《きみ》にぴしっといってやれ。」

「まったくだ。だれか、いえ！」

「おまえが、いえ。」

竜《りゅう》たちは、おたがいをつつきあっている。

かんむり竜《りゅう》だけが、バースデー・ケーキにあこがれているらしい。

ほかの竜《りゅう》たちはケーキになど興味《きょうみ》がない。

バースデー・ケーキなんか、なくてもいいとおもっている。

「どれでもいいからきめてくだされればいいのだ。」

一頭《とう》の竜《りゅう》がろうかのほうをふりむいた。

次《つぎ》にケーキをはこんできたのは、女《おんな》の人《ひと》だった。

その人《ひと》は、イチゴババロアの上《うえ》にあめざいくのふわふわした雲《くも》、その中《なか》にマジパンでできた竜《りゅう》をのせたケーキをもっていた。

竜《りゅう》の前《まえ》にホワイト・チョコレートでできたお祝《いわ》いのプレートがのっていた。

ぼくは、そのプレートをみて、あれっておもった。

よくみようと、柱《はしら》から身《み》をのりだしていた。

身《み》をのりだしたぼくは、中庭《なかにわ》にいた竜《りゅう》にみつかってしまったんだ。

「なんだ、こいつ？」

ぼくは、えり首《くび》をつかまれて、ねこの子《こ》のようにつりさげられていた。

ぼくの目《め》の前《まえ》に、竜《りゅう》のぎらぎらした血走《ちばし》った目《め》がある。

「は、はなせ！」

ぼくは、必死《ひっし》で手足《てあし》をふりまわした。

「ほう、いきがいいぞ。ぴんぴんしておる。」

「人間《にんげん》の子《こ》どもだ！」

「どこからもぐりこみおった！」

「この城《しろ》に人間《にんげん》がはいれるのは、今日《きょう》だけ。それもパティシエどのだけじゃ。」

中庭《なかにわ》にいた竜《りゅう》たちがわらわらとよってきて、ぼくをつつきまわす。

竜《りゅう》たちのとがった爪《つめ》が、ちくちくといたい。

「父《とう》さん、父《とう》さん、助《たす》けて！」

ぼくはさけんでいた。

「雄太《ゆうた》！」

父《とう》さんが、台所《だいどころ》から
とびだしてくる。

「わたしのむすこです。

かえしてください。」

父《とう》さんがぼくに手《て》をのばす。

「かえすわけにはいかんなぁ。」

ぼくをつりさげていた竜《りゅう》が、

もう一頭《とう》の竜《りゅう》にぼくをほうりなげた。

ぼくは、その竜《りゅう》にうけとめられる。

「かえしてください。」

父《とう》さんが、その竜《りゅう》のほうへかけてくる。

「いや、かえすわけにはいかんぞ。ほれ、うけとれ。」

「うけとった。次《つぎ》はだれだ？」

竜《りゅう》たちは、テーブルをけちらして、ぼくをなげたりうけとめたりする。

「おお、パティシエどの。つかまえてみろ。」

「ほれ、こっちだ。こっちだ。」

竜《りゅう》たちは、おもしろがってはやしたてる。

「みなさま、おちついてください。席《せき》におつきください。」

ジョシュリュウがさっとのばした手《て》がぼくをかすめた。

もう少《すこ》しで、助《たす》けてもらえそうだったのに、ぼくはがっかりした。

ぼくをとられそうになった竜《りゅう》たちは、つばさをひろげて空《そら》へとびだした。

たいくつしていた竜《りゅう》たちは、もう歯止《はど》めがきかない。

ジョシュリュウが、父《とう》さんのかわりのように空《そら》へとびだした。

「こっちになげろ！」

「おれさまに、まわせ！」

ぼくは、ラグビーボールになったみたいだ。

それも、空中《くうちゅう》でするラグビーだ。

目《め》がまわるとおもったとき、

「ひどい！　ひどいわ。わたしのおたんじょう日《び》なのに。」

耳《みみ》をつんざくような、かんだかい泣《な》き声《ごえ》がした。

かんむり竜《りゅう》が、足《あし》をどしどしふみならして泣《な》きだしたんだ。

そのとたん、竜《りゅう》たちは中庭《なかにわ》におおあわてでもどった。

そして、床《ゆか》に「ヒッ。」とひれふした。

宙《ちゅう》にほうりなげられていたぼくは、ジョシュリュウにうけとめてもらえた。

ジョシュリュウは、ぼくをつりさげて床《ゆか》にもどった。

「わたしの助手《じょしゅ》です。助手《じょしゅ》なんです。」

父《とう》さんが息《いき》をきらしてかけよってきた。

ジョシュリュウは、父《とう》さんとぼくをみくらべていたが、

「助手《じょしゅ》なら、しょうがあるまいな。」
と、ぼくのえり首《くび》から手《て》をはなした。
父《とう》さんが、ぼくをだきとめてくれた。
「おたんじょう日《び》なのに、
わたしをほったらかして
あそぶなんてひどいわ！」
かんむり竜《りゅう》が、いやいやを
するように体《からだ》をふりまわす。
「みな、反省《はんせい》しております。」
ジョシュリュウが、ひれふしたままの竜《りゅう》たちをゆびさした。
竜《りゅう》たちは、「ハハーッ。」とますます頭《あたま》を床《ゆか》にこすりつける。

「さあ、ごきげんをなおしてください。ケーキはまだまだやきあがります。きっと、わが君《きみ》のお気《き》にめすバースデー・ケーキとやらをおさがしいたしますので。」

ジョシュリュウが、かんむり竜《りゅう》にうなずいてみせた。

ジョシュリュウにつれられて、父《とう》さんはぼくと台所《だいどころ》へもどった。

「ケーキのどこが気《き》にいらないのか、いえばいいいじゃないか！」

ぼくは、めんどくさいやつだなって、わが君《きみ》に、はらがたった。

「わが君《きみ》は、おくゆかしくていらっしゃるのだ。」

ジョシュリュウは、ぼくにそういった。

台所《だいどころ》には、もう十人《にん》ぐらいのパティシエしかのこっていなかった。

それぞれのケーキはもうできあがりそうだ。

父《とう》さんのケーキだけが、オーブンからだしたスポンジのままだ。

「みただけで気《き》にいらないんだよ。」

ぼくは、生《なま》クリームをあわてだした父《とう》さんにおしえた。

「そうか。へんだとおもったんだ。ここにつれてこられたパティシエは、みなおいしいと評判《ひょうばん》の店《みせ》のパティシエばかりだ。」

台所《だいどころ》にこもっていて、わが君《きみ》のようすを知《し》らない父《とう》さんがうなった。

「竜《りゅう》のすきな味《あじ》は人間《にんげん》とはちがうのかとおもっていた。」

父《とう》さんは、人間《にんげん》と同《おな》じでいいのかと安心《あんしん》したようすだ。

「一口《ひとくち》でも食《た》べたなら、きっとどれかは気《き》にいったはずだ

よ。」

ぼくもうなった。

中庭《なかにわ》のほうでまた悲鳴《ひめい》がした。

マジパンで竜《りゅう》をつくった女《おんな》の人《ひと》が、へいの外《そと》へなげおとされたんだ。

「帰《かえ》してやるって、下《した》へなげおとすことなんだ。」

ぼくは、ぶるりと体《からだ》をふるわせていた。

「な、なげおとされても、それぞれの店《みせ》に無事《ぶじ》に帰《かえ》ってるさ。」

父《とう》さんは、『お帰《かえ》しもうす。』といったジョシュリュウのことばを信《しん》じているようだ。

「みただけで気《き》にいらない
ということは、なにかが
まちがってるのか？」
父《とう》さんは、用意《ようい》した
ろうそくをみた。
ろうそくの数《かず》がちがったのかと
おもったらしい。
赤《あか》と緑《みどり》のねじりりんぼうの
太《ふと》めのろうそくが三本《ぼん》。
ぱちぱち火花《ひばな》がでるほそくて
長《なが》いろうそくが六本《ぽん》。

「何歳《なんさい》なの？」

どう数《かぞ》えるのか、ぼくにはわからない。

「三百六歳《さい》。女性《じょせい》だそうだ。あの竜《りゅう》がおしえてくれた。」

父《とう》さんはリョウリリュウをみた。

太《ふと》いのが百歳分《さいぶん》で、ほそいのが一歳分《さいぶん》ということだ。

「わが君《きみ》っておじさんなんだとおもってたけど、女《おんな》の子《こ》だよ、あいつ！」

「きっと、竜《りゅう》の年《とし》でいうと三百六歳《さい》は、子《こ》どもなんだろうな。かわいいケーキにしてやるか。」

父《とう》さんは、うん、とうなずいた。

父《とう》さんじまんの生《なま》クリームをたっぷりぬって、赤《あか》や青《あお》や黄色《きいろ》のゼリーでつくった星《ほし》や三日月《みかづき》がこぼれるほどのったケーキができあがった。

あとは、チョコレートでできたおたんじょう日《び》のプレートを書《か》くだけだ。

「父《とう》さん。これになんて書《か》くの？」

ぼくはさっき気《き》になったことをおもいだした。

あの女《おんな》の人《ひと》は、プレートに、

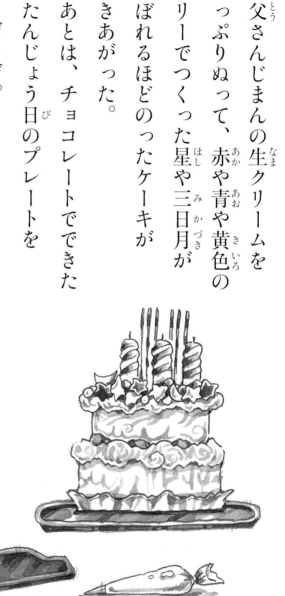

『おたんじょう日《び》、おめでとうございます。ドラゴンちゃん』と書《か》いていた。

ぼくは、それをよくみようとして、竜《りゅう》にみつかったんだ。

おじさんだとおもっていたから、ドラゴンちゃんてことはないだろうっておもったんだ。

女《おんな》の子《こ》だから、ドラゴンちゃんでよかったわけだ。

「わが君《きみ》とかドラゴンさまとかドラゴンちゃんとか、みんないろいろ書《か》いてたぞ。」

父《とう》さんは、

「ドラゴンちゃんにしとくかな。」

という。

「あいつ、名前《なまえ》ないのかな?」

「ないんだろ。だって、リョウリリュウにジョシュリュウだぞ。」

父《とう》さんは、台所《だいどころ》にいる二頭《とう》の竜《りゅう》をみる。

「わが君《きみ》に名前《なまえ》ないの?」

ぼくはジョシュリュウにきいた。

「ああ、ほかのパティシエどのにもきかれたが、わが君《きみ》は、わが君《きみ》だ。竜《りゅう》に名前《なまえ》はない。」

ジョシュリュウが、ぶんぶん首《くび》をふる。

でもぼくは、わが君《きみ》がどのケーキも気《き》にいらないのは、プレートに名前《なまえ》がないせいだとおもった。

「前《まえ》のドラゴン・パティシエがつくったバースデー・ケーキは、食《た》べてたんでしょ？」

ぼくはジョシュリュウをみあげた。

「むかしは、てきとうにパティシエどのをおつれしてケーキとやらをつくってもらった。」

ジョシュリュウがおもいだしたように空《そら》をみあげる。

「ある年《とし》のフランス人《じん》のパティシエどののケーキがわが君《きみ》のお気《き》にめした。それでそのおかたが初代《しょだい》ドラゴン・パティシエどのになった。だが、五年前《ねんまえ》に亡《な》くなられてしまった。」

ジョシュリュウがうなだれた。

それから五年間《ねんかん》、次《つぎ》のドラゴン・パティシエをさがしているということだ。

「前《まえ》のドラゴン・パティシエはどんなバースデー・ケーキをつくっていたんでしょう？」

父《とう》さんは、みてみたいとおもったようだ。

「ろうそくがのっていた。」

ジョシュリュウは、
それしかおぼえていない。

「こういうプレートに、なんて書《か》いてあったかおぼえてませんか？」

「さあて？」

ジョシュリュウは、首《くび》をかしげた。

竜《りゅう》たちは、ケーキなんてどうでもいいんだ。

ぼくと父《とう》さんは、がっくり肩《かた》をおとした。


「もう終《お》わりか？」

「かたづけてしまうぞ。」

中庭《なかにわ》にいた竜《りゅう》が二頭《とう》、台所《だいどころ》をのぞきこむ。

中庭《なかにわ》にいた竜《りゅう》たちはあきてしまったらしく、ざわざわさわぐ声《こえ》もする。

ケーキがとぎれたので、これで終《お》わりだとおもったらしい。

台所《だいどころ》をのぞきこんだ竜《りゅう》たちの一頭《とう》の首《くび》にカメラがかかっている。

「一人《ひとり》のこっている。すぐ行《い》く。
もう少《すこ》しおまちいただきたい。」
ジョシュリュウがドアの
ところまででていってたのむ。
台所《だいどころ》にのこっている
パティシエは父《とう》さんだけだ。
「写真《しゃしん》みせて。五年前《ねんまえ》の
おたんじょう日《び》の
写真《しゃしん》あるでしょ。」
ぼくは、カメラをぶらさげた
竜《りゅう》にかけよっていた。

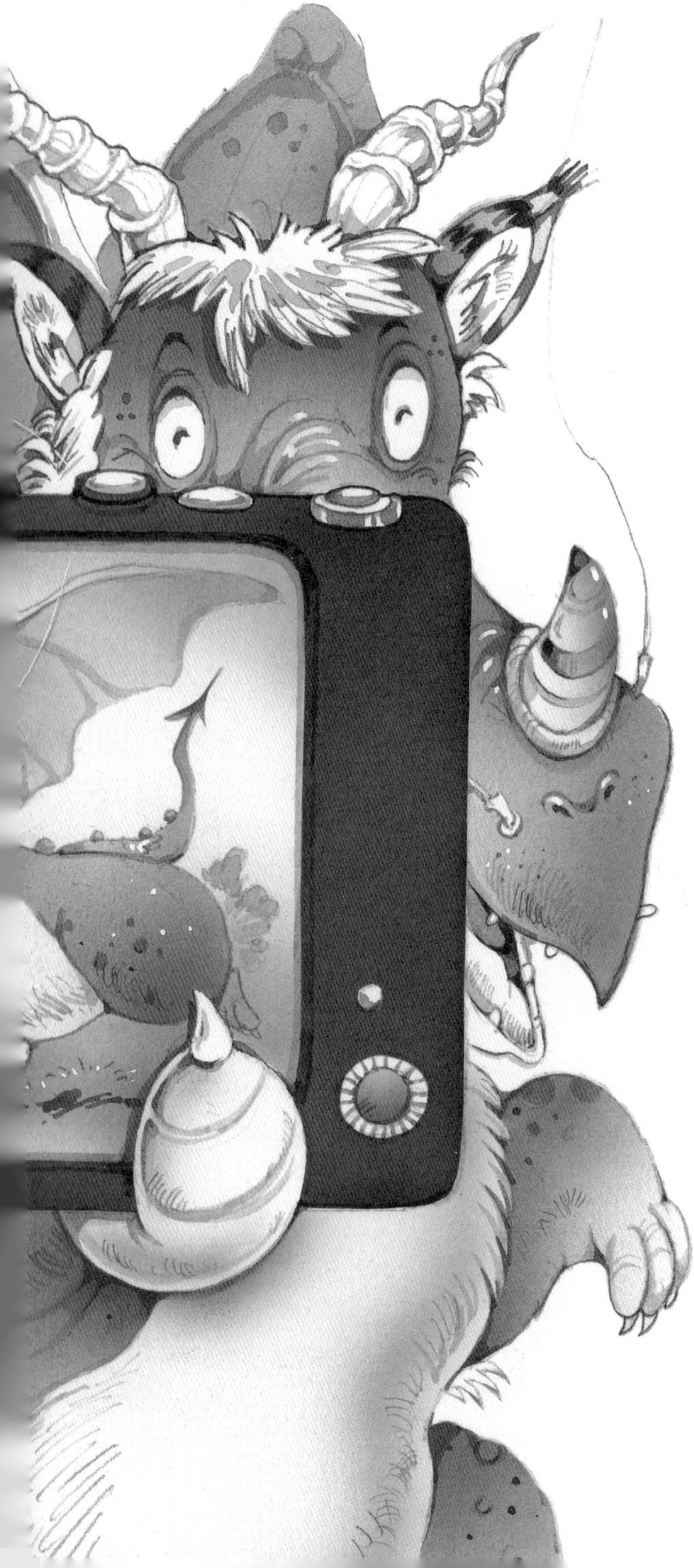

「あ、ああ。わが君《きみ》が、おたんじょう日《び》には記念写真《きねんしゃしん》をとるとおっしゃるでな。」

デジカメだった。

おたんじょう日《び》の写真《しゃしん》があった。

「父《とう》さん、父《とう》さん。」

ぼくは父《とう》さんを手招《てまね》いた。

わが君《きみ》が、バースデー・ケーキを前《まえ》にしてうつっていた。きばがにっとのぞいているところをみると、わらっている？

バースデー・ケーキは、どこにでもあるような平凡《へいぼん》なやつだ。

おたんじょう日《び》のプレートがのっていて、なにか書《か》いてある。

「日本語《にほんご》じゃない！」

ぼくは父《とう》さんとジョシュリュウをみくらべた。

前《まえ》のドラゴン・パティシエはフランス人《じん》だったそうだ。

プレートの文字《もじ》もフランス語《ご》だ。

「日本語《にほんご》でおたんじょう日《び》、おめでとうって書《か》いても、わかんなかったってこと！」

ぼくは、なんだよって、ふくれてしまった。

ことばがちがうから、気《き》にいらないのだとおもったんだ。

「いいや。われらは、フランスにいればフランス語《ご》を、アメリカにいれば英語《えいご》を、日本《にっぽん》にいれば日本語《にほんご》をつかう。」

ジョシュリュウが、ふんと鼻《はな》を鳴《な》らした。

「ああ。中庭《なかにわ》のわが君《きみ》の頭《あたま》の上《うえ》には、日本語《にほんご》でおめでとうって書《か》いてあった。」

ぼくは、うなだれてしまった。

「わかったぞ。雄太《ゆうた》、おまえは優《ゆう》秀《しゅう》な助手《じょしゅ》だ。わが君《きみ》にお名前《なまえ》はあるようだぞ。」
父《とう》さんはそういうとケーキのところへかけもどった。
父《とう》さんは、フランスで修業《しゅぎょう》したんだもの、フランス語《ご》が読《よ》める。

「雄太《ゆうた》。ろうそくの準備《じゅんび》だ。」
父《とう》さんは、プレートにホワイト・チョコレートでなにか書《か》きつけた。
ぼくは、ケーキにろうそくをさして火《ひ》をつける。
父《とう》さんは、プレートをのせてろうかへすすみでた。
ぼくは、父《とう》さんの書《か》いた名前《なまえ》を読《よ》むひまがなかった。
ジョシュリュウが、ケーキをかかえた父《とう》さんをせかした。

ぼくもあわてて、
父《とう》さんのあとを追《お》った。
中庭《なかにわ》にいた竜《りゅう》たちは、
なんとかおとなしく
すわっていた。
「わが君《きみ》、これは
いかがでしょう？」
ジョシュリュウが
うやうやしくおじぎして、
父《とう》さんがケーキを
さしだした。

わが君《きみ》のきばがのぞいた。

あ、五年前《ねんまえ》のおたんじょう日《び》の写真《しゃしん》といっしょ！

「前《まえ》のパティシエがわたしに名前《なまえ》をつけてくれたの。おたんじょう日《び》だけでも、名前《なまえ》があってもいいって。わが君《きみ》だけじゃ、つまんないでしょ。」

わが君《きみ》はろうそくの火《ひ》を一息《ひといき》でふきけした。

カメラをかかえた竜《りゅう》がすかさずとびだしてきて、フラッシュをたいた。

「おお！　おめでとうございます！　わが君《きみ》！」

と、中庭《なかにわ》じゅうから歓声《かんせい》があがる。

わが君《きみ》は、
ろうそくごとケーキを
ごくんとひとのみしてしまった。
「うーん。このクリーム！
すき！」
だって。
ろうそくごとでも、父《とう》さんの
生《なま》クリームの味《あじ》はわかったらしい。
楽器《がっき》をもった竜《りゅう》たちが、ドンチャカドンチャカ音《おと》をかきならす。

「よかった！　やっと、おたんじょう日《び》をお祝《いわ》いできる！」

竜《りゅう》たちは、口《くち》からいきおいよく火《ひ》をふきながら空《そら》をとびまわる。

わが君《きみ》も空《そら》へとびだしていく。

まるで、飛行機《ひこうき》の編隊飛行《へんたいひこう》みたいに、グループにわかれて、円《えん》をかいたり、リボンのように交差《こうさ》したりしてとびまわる。

みんな、たのしそうだ。

これが竜《りゅう》のお祝《いわ》いらしい。

すごい！　と空《そら》をみあげていたぼくと父《とう》さんの前《まえ》にジョシュリュウが立《た》った。

「『パティスリー・ウフ』のパティシエどのを、新《あたら》しいドラゴン・パティシエに任命《にんめい》いたします。」

父《とう》さんは、「はは！」

と頭《あたま》をさげる。

父《とう》さんったら、ドラゴン・パティシエになるつもり？

ぼくは、父《とう》さんのシェフ・コートのすそをひっぱった。

父《とう》さんは、ぼくがなにをいいたいのかわかったらしい。

「パティシエは、自分《じぶん》のつくったケーキをよろこんでもらうのが、いちばんなんだぞ。」

父《とう》さんは、まんぞくそうにうなずいた。

「竜《りゅう》でも？」

「もちろんだ。あんなによろこんでくれるんだ。」

「そうか。」
ぼくも、空《そら》をとびまわっている竜《りゅう》たちをみあげてうなずいた。
ぼくと父《とう》さんは、ジョシュリュウに店《みせ》の前《まえ》まで送《おく》りとどけてもらった。
ドラゴン・パティシエとその助手《じょしゅ》だもの、なげおとされたりしないんだ。
ぼくと父《とう》さんは、店《みせ》の前《まえ》でしばらくぼんやり立《た》っていた。
空《そら》の上《うえ》のお城《しろ》でケーキをつくってきたなんて信《しん》じられなかった。

「わが君《きみ》は、なんていう名前《なまえ》だったの？　みるひまなかっ

た。」

ぼくは、夢《ゆめ》だったのかなっておもいながらもそうきいた。

「ひなげしちゃん。」

父《とう》さんがそういって、ぼくをみて、にっとわらう。

「あいつが！」

ぼくは空《そら》をみあげた。

「かわいい名前《なまえ》じゃないか。わが君《きみ》も気《き》にいっているんだろうさ。」

一日《にち》だけのすてきな名前《なまえ》。

「はずかしくて、そりゃ、自分《じぶん》からはいえないよな。」

おくゆかしいわけじゃないと、ぼくは肩《かた》をすくめた。

「雄太《ゆうた》もきてくれよ。」

「どこに？」

「お城《しろ》にきまってるだろ。来年《らいねん》もわが君《きみ》のおたんじょう日《び》によばれるぞ。なにしろ、ドラゴン・パティシエだもの。」

父《とう》さんがドンとぼくの背中《せなか》をたたく。

「そうか。ぼく、優秀《ゆうしゅう》な助手《じょしゅ》パティシエ？」

「ああ。」

ぼくと父《とう》さんは空《そら》をみあげてしまった。

ほかのパティシエたちも、父《とう》さんがいったように、無事《ぶじ》に
それぞれのお店《みせ》に帰《かえ》っていたらしい。
あの有名《ゆうめい》なパティシエがテレビにでていた。
「竜《りゅう》にも気《き》にいってもらえるケーキを
つくるのが、これからの夢《ゆめ》です。」
だって。
「竜《りゅう》ですか?」
っておどろかれて、
「あ、いや、
どなたにもということです。」
わらってごまかしてた。

パティシエのまめちしき

パティシエのお仕事《しごと》にちょっぴりくわしくなる

オマケのおはなし

パティシエって、どんなお仕事《しごと》？

甘《あま》〜い生《なま》クリームにカスタードクリーム、ほろ苦《にが》いチョコレート、ふわっふわのスポンジケーキ……。雄太《ゆうた》のお父《とう》さんみたいに西洋《せいよう》のお菓子《かし》を作《つく》る男性《だんせい》の職人《しょくにん》のことを、フランス語《ご》でパティシエ（pâtissier）といいます（女性《じょせい》の場合《ばあい》はパティシエール pâtissière）。お店《みせ》を開《あ》けるまでにたくさんのケーキやお菓子《かし》を作《つく》って、ならべなくてはなりませんから、朝早《あさはや》くからお仕事《しごと》が始《はじ》まります。大《おお》きなお菓子《かし》メーカーの場合《ばあい》、ケーキやゼリーなどの生菓子《なまがし》と、クッキーなどの焼《や》き菓子《がし》とで担当《たんとう》のパティシエがちがう場合《ばあい》もあります。

でも、甘《あま》い話《はなし》ばかりではありません。一度《いちど》に何十個《なんじっこ》というケーキを作《つく》るのですから、使《つか》う小麦粉《こむぎこ》や砂糖《さとう》は何十《なんじっ》キロという重《おも》さです。材料《ざいりょう》をかきまぜるのだって、力《ちから》がいります。

それにしてもケーキを食《た》べるときって、ウキウキしませんか？　誕生《たんじょう》

日《び》や結婚式《けっこんしき》など特別《とくべつ》なときに食《た》べることが多《おお》いものですから、パティシエは食《た》べた人《ひと》が幸《しあわ》せにつつまれるよう、うっとりするような飾《かざ》りつけをしたり、口《くち》に入《い》れたときに驚《おどろ》くような味《あじ》を忍《しの》びこませたり……。ほんのわずかな時間《じかん》、人間《にんげん》もドラゴンも夢《ゆめ》の世界《せかい》へといざなう、そんなお仕事《しごと》です。

どんな人《ひと》がパティシエにむいている？

「おいしかったあのお店《みせ》のケーキを、また食《た》べたい！」甘《あま》いもの好《ず》きのお客《きゃく》さんは、こんなふうに考《かんが》えます。だから、いつでも「そのお店《みせ》の味《あじ》」を味《あじ》わえることが大切《たいせつ》です。材料《ざいりょう》をきちんと計量《けいりょう》し、手順《てじゅん》を守《まも》って作《つく》る、きちょうめんなタイプはパティシエむきです。

お仕事《しごと》は朝早《あさはや》くからで、重《おも》いものをあつかうこともあると説《せつ》明《めい》しましたが、お店《みせ》がしまっても、かたづけや次《つぎ》の日《ひ》の準備《じゅんび》で帰《かえ》るのが遅《おそ》くなります。やけどやナイフで手《て》を切《き》ることは、しょっちゅうあります。体力《たいりょく》はもちろんですが、それでもくじけない〝お菓子《かし》への愛《あい》〟が必要《ひつよう》です。

甘《あま》いものが大好《だいす》きな人《ひと》は、新商品《しんしょうひん》を目《め》にしたら食《た》べたくなるはず。そのお店《みせ》でしか売《う》っていない、オリジナルのケーキを作《つく》るのに熱心《ねっしん》なパティシエもおおぜいいます。〝お菓子《かし》への愛《あい》〟を自分《じぶん》だけのかたちにする情熱《じょうねつ》を持《も》っている人《ひと》が、新商品《しんしょうひん》を生《う》みだしているのです。

パティシエになるには？

高校《こうこう》や大学《だいがく》を卒業《そつぎょう》したあと、調理師専門学校《ちょうりしせんもんがっこう》、製菓専門学校《せいかせんもんがっこう》に入《はい》る人《ひと》が多《おお》いです。そこでお菓子作《かしづく》りの基礎《きそ》を

みっちり勉強《べんきょう》して、卒業後《そつぎょうご》に洋菓子店《ようがしてん》やホテルにつとめます。専《せん》門学校《もんがっこう》によっては就職先《しゅうしょくさき》を紹介《しょうかい》してくれるところもあります。お店《みせ》でケーキ作《づく》りの修業《しゅぎょう》が始《はじ》まります。なかにはフランスやドイツなどケーキの本場《ほんば》への留学《りゅうがく》をする人《ひと》もいます。

お菓子作《かしづく》りに関係《かんけい》するふたつの国家資格《こっかしかく》があります。「製菓衛《せいかえい》生師《せいし》」は食中毒《しょくちゅうどく》などを出《だ》さないための知識《ちしき》があることを示《しめ》していますし、「菓子製造技能士《かしせいぞうぎのうし》」は、お菓子《かし》を美《うつく》しいかたちに仕上《しあ》げられることをアピールできます。ただし、どちらもパティシエになるのに、かならずしも必要《ひつよう》というわけではありません。

お菓子屋《かしや》さんの数《かず》は年々増《ねんねんふ》えていて（厚生労働省《こうせいろうどうしょう》の調査《ちょうさ》）、競《きょう》争《そう》のはげしい業界《ぎょうかい》です。『パティスリー・ウフ』は雄太《ゆうた》のお父《とう》さんのあわだてた生《なま》クリームが自慢《じまん》でしたが、もし自分《じぶん》が一人前《いちにんまえ》になったらほかの店《みせ》とどんなちがいが出《だ》せるのか、目標《もくひょう》を持《も》って修《しゅ》業《ぎょう》に取《と》り組《く》める人《ひと》は、パティシエとしての成長《せいちょう》が早《はや》いでしょう。

柏葉幸子｜かしわばさちこ

1953年、岩手県生まれ。東北薬科大学卒業。『霧のむこうのふしぎな町』（講談社）で第15回講談社児童文学新人賞、第9回日本児童文学者協会新人賞を受賞。『ミラクル・ファミリー』（講談社）で第45回産経児童出版文化賞フジテレビ賞を受賞。『牡丹さんの不思議な毎日』（あかね書房）で第54回産経児童出版文化賞大賞を受賞。『つづきの図書館』（講談社）で第59回小学館児童出版文化賞を受賞。『岬のマヨイガ』（講談社）で第54回野間児童文芸賞を受賞。近著に『遠野物語』（編・著、偕成社）などがある。

中村景児｜なかむらけいじ

1948年、熊本県生まれ、鹿児島県育ち。桑沢デザイン研究所卒業。グラフィックデザインの仕事を経て、児童書、絵本の仕事に。おもな絵本に『ぼくのペットはドラゴン？』(岩崎書店)、『グリーンマントのピーマンマン』(さくらともこ作、岩崎書店)、『おおきなキャベツ』(岡信子作、世界文化社）など。挿絵を担当した児童書に『ぼくは、いつでもぼくだった。』(いっこく堂作、くもん出版)などがある。出版のかたわら、独自の不思議な世界観を描きたくて個展を開催している。日本児童出版美術家連盟会員、現代童画会常任委員。

装丁／大岡喜直（next door design）

本文 DTP／脇田明日香

おしごとのおはなし　パティシエ

父《とう》さんはドラゴン・パティシエ

2016年2月24日　第1刷発行
2022年8月1日　第4刷発行

作　柏葉幸子《かしわばさちこ》
絵　中村景児《なかむらけいじ》
発行者　鈴木章一
発行所　株式会社講談社
〒112-8001 東京都文京区音羽2-12-21
電話　編集 03-5395-3535　販売 03-5395-3625　業務 03-5395-3615
印刷所　株式会社ＫＰＳプロダクツ
製本所　島田製本株式会社

KODANSHA

N.D.C.913 79p 22cm ©Sachiko Kashiwaba / Keiji Nakamura 2016 Printed in Japan ISBN978-4-06-219892-9